KB092164

별의 향기

조한직 시집

시음사
시사랑음악사랑

세상을 품은 시인 조한직

문학은 자기 자신과 외롭고 피나는 싸움이다. 오만과 편견에 떨어지지 않고 다른 작가의 작품을 함께 탐구하는 자세를 지닌 작가는 오랜 시간이 흘러도 많은 독자의 기억에 살아남는다. 자의식의 망설임 사이에서 흔들리지 않고 멋진 작품을 만들어 내기 위해서는 이미 개척된 어법의 길을 습관적으로 따라가기보다는 문법에서 벗어나지 않는 범위에서 시인만의 독특한 시어를 만들어내면서도 가장 기본적인 시적 이미지의 형상화, 적절한 시어의 선택, 간결하고 함축적인 표현, 시상의 유기적 전개, 등으로 기둥을 세우고 가지를 길러 좋은 작품으로 독자들 앞에 서는 일이 시인의 의무라면 조한직 시인은 그 기본에서 충실하면서도 누구나 공감할 수 있는 작품을 만들어 내는 시인이다.

자연 그대로의 원석을 가공이나 세공을 통해 아름다운 보석으로 변신시켜 놓듯이 글을 쓰는 작업 역시 가공과 세공이 절실히 필요한 원석이다. 이번 조한직 시인의 시집 "별의 향기"에서 밤하늘에 무수히 흩뿌려진 별들을 찾아보는 재미만큼이나 시인의 잘 짜인 시인의 작품을 찾아보는 재미가 느껴질 것이다.

사단법인 창작문학예술인협의회 이사장 김락호

시인의 말

　아름다운 글은 말보다 깊고 진한 감동을 준다. 시를 쓰기 전 시인들은 어쩌면 이리도 글을 잘 쓰는 것일까? 이는 천길 가슴 속의 깊은 고뇌에서 캐내는 보어이리라. 늘 생각했습니다. 온라인의 덕분으로 무지의 세계에서 친구와 주고받은 글들이 시발이 되어 나를 본 친구는 내 속을 돌아나간 듯 표현하는 어사(語士)였기에 시의 감미로움에 취해 시상을 쌓아 가던 날 그는 홀연히 불귀의 객이 되어 장미라는 이름을 남기고 푸른 삶을 지고 말았습니다. 오늘 그는 나에게 그토록 동경하던 시인이라는 낱말을 큰 선물로 심어주고 갔기에 가슴속에 영원히 살아서 잊을 수 없는 별이 되어 향기를 발합니다. 아직도 서툰 시어의 낯선 나열이지만 글속에 스며든 내 영혼이 한 독자께라도 가슴에 울림으로 전해져서 삶의 길에 세상 밖으로 표출될 수 있다면 나의 작은 발걸음이나마 세상에 나와 하루를 살아가는 영광일 것입니다. 그토록 동경하며 가슴에 품었던 작은 소망이 오늘 드디어 세상에 빛을 볼 수 있게 되어 참으로 기쁩니다.

출간에 애써주신 (사)창작문학예술인협의회/대한문인협회 김락호 이사장님과 이에 여러모로 도움을 주신 분들께 깊이 감사드립니다.

시인 조한직

1. 삶의 고동 소리

2. 별의 향기

3. 바람의 계절

4. 꿈은 내 안에

1.

삶의
고동
소리

하늘을 바라보고 땅을 바라보고
인생은 홀로 와서 홀로 가는 것
가는 길에 산천을 바라보며
어우러진 만물들을 바라보며
그리운 것 그리워하며 흘러가는 것
그것이 인생이라지.

종시 동선(終始 同線)

눈길을 조금만 돌려 새로운 시작을 찾자
끝도 시작도 내 속에 있는 것을
우리는 늘 그것을 깨닫지 못한다.

끝과 시작의 명확한 성찰은
자아를 안내하는 지름길이며
그로 인하여 자만을 성찰할 수 있음은
후일을 바라보는 눈이 뜨일 것이다.

끝과 시작을 모르면
시간을 적용할 수 없으며 시간에 지배당한다.

누구에게나 함께 주어진 시간을
언제나 끝이 아닌 새로운 시작으로 바라볼 때
고목에도 새로운 싹이 돋듯
아름다운 꿈이 펼쳐질 것이며
자아의 보람을 느낄 수 있는 기회가 올 것이다.

스스로 응고된 자만과 무념(無念)은
세상을 검게 하여 눈을 떠도 보이지 않고
깨우침 없는 정신으로는 난감(難感)한
끝은 새로운 시작임을 알자.

그것이 인생이라지

하늘을 바라보고 땅을 바라보고
인생은 홀로 와서 홀로 가는 것
가는 길에 산천을 바라보며
어우러진 만물들을 바라보며
그리운 것 그리워하며 흘러가는 것
그것이 인생이라지.

언제나 어려움이 우리 곁에 함께하며
기쁜 일보다 슬픈 일이 더 많이 동행하는 것
그것이 인생이라지.

비가 오나 눈이 오나 걸어가는 것
추우나 더우나 바람이 불거나 묵묵히 걸어가는 것
그것이 인생이라지.

사랑하던 임들은 하나둘 떠나고
지나온 길은 더욱 허전해서 허무함만 쌓이는 것
그러나 어찌할 수 없는 것
그것이 인생이라지.

그냥 앞만 보고 가노라면
대로의 세상 길 막힘은 없지만
언젠가는 막다른 골목에 다다르는 것
그것이 인생이라지.

위대한 가슴으로

세상 모든 고통 끌어안고도 남을 가슴
그 깊이 너무 깊어 끝이 보이지 않네.
슬픔에는 가슴 가득 흐른 눈물 가두고
기쁨에는 가슴 가득 환한 웃음 담으니
그 깊이와 넓이의 끝이 어디쯤인지?

어느 땐 수정같이 맑은 호수가 되어
너의 웃는 모습 가득 담을 수 있어 기쁘며
어느 땐 깊고 넓은 검은 바다가 되어
아픔을 묻을 무덤이 되기도 하니 다행이구나.

사랑하는 딸아!
아비는 질기고 야무진 가슴이 있단다.
너의 그 큰 고통에 아비의 가슴이 찢어질만큼 아파도
이 아비는 깊고 넓은 가슴이 있기에
고인 눈물 밖으로 흘리지 않고 모두 담는다.

온몸이 부서져 무너져 내리는 고통 참아내는
네 안의 무한한 위대한 가슴이 있기에
까맣게 타오르는 고통 말 못하고 참아내는
아비의 위대한 가슴이 있단다.

사랑하는 딸아!
너의 그 고통 끝나는 날 우리 온 가족 함께 웃으며
훗날 세상을 품을 수 있는 꿈을 꾸자
그리하여 욕망을 이루어갈 위대한 가슴으로 살자.

세월의 한(恨)을 걷어내며

선조님의 얼이 묻어있는
묵은 세월을 걷어내며 눈물이 핑 돈다.
갑술 구월 이십사일 유시(1934년 9월 24일 17~19시)
걷어낸 대들보 한가운데
희미하게 쓰여 있는 글씨가 가슴을 찡 울린다.
난고의 세월, 지은 지 76년 초가지붕 걷어내고
기와지붕으로 탈바꿈한 지 40여 년 그 집이 허물어진다.

가녀린 서까래 위에 무거운 기와지붕은
짐이 무거워 내려앉기 직전인데
비 오는 날이면 어머니 탄식 소리 노래가 되고
받쳐놓은 물받이에는 어느새 한 서린 눈물이 담긴다.

산뜻하게 남향으로 자리 잡은 새집
어머니의 한 이제 사라졌으면 좋겠다.
롤 스크린을 걷어 올리면 햇살이 훤히 비치는 거실
어머니가 무척 좋아하신다.

80이 넘으신 어머니 건강하게 오래
여생 즐기며 사시길 바라는데
자식 마음 아시려는지 오래도록 지금 모습
잃지 않으셨으면 좋겠다.

양심의 창을 열자

보드랍고 하얀 가슴으로 검은 꿈을 꾸는가?
태초의 양심은 어이하고
고래 구멍보다도 더 검은 흑심으로 변해 가느냐?

본능으로 돌아가 세상을 냉엄하게 보라
애당초 초심은 어이하고
그대 마음은 시간의 등에 업힌 채
그리도 가벼이 변질하여 파랗게 멍이 들어가는가?

서서히 파고드는 수(數)의 능란함은
가슴을 아프게 찔러 나를 슬프게 한다.
그래도 믿겠노라 속아주고 싶은데
염치없어 더는 말이 없구나.

그대 가슴에 믿음을 심으라
그대여 진실 속의 믿음으로 오라
본질이 무너진 가심(假心)을 버리고 오라
그리하여 함께 믿음으로 나아가자.

이난 지생(易難 之生)

가을!
아직 따가운 햇볕은
시간 속을 종종거리는
땡 것의 영그는 소리 한창인데

마당에 들판에 잠자리 떼는
앉을 자리 잠자리 찾아 헤매다
낮은 자리 곱게 드려 앉는다.

세상사 시끄러워 고요할 날 없어도
알 리 없는 저들은 태평성대로구나

아침이슬 위에 햇살 내리고
오늘은 또 무엇이 삶을 옭맬까?

숙기, 식, 락(宿起食樂) 단순한 삶인데
사람들은 노상 아귀다툼이니
도무지 알 수 없는 일이다.

필연

사랑과 이별의 메아리가 없는 세상을
어찌 인생이라 말하랴

절망이 없는 세상에
어찌 희망을 품으라 하랴

걸으매 넘어지고
다시 일어설 수 있음이 희망인 것을

바람 불고 비 온 뒤 해 나듯
고난 속의 절망은
희망을 잉태하고 있는 것을

동토 속에서 웅크린 촉들이
봄볕에 돋아나고
끝닿으면 올라야 하는 것
그것은 필연인 것을.

행복 공장

어릴 적 우리 집은 행복공장
아버지와 어머니는 저녁이면 날마다
등잔불 밑에서 새끼를 꼬았으니

어릴 적 우리 집은 행복공장
아버지와 어머니는 저녁이면 날마다
가마니 치는 소리 경쾌했었으니

아버지와 어머니는 밤마다
하루는 새끼 꼬고 하루는 가마니를 치셨으니

기쁨을 꽈내는 소리 사륵 사륵 싸~악
행복을 엮는 소리 드르륵 쿵 드르륵 쿵

경쾌한 음정은 고달픈 즐거움
샛별 보며 들로 달 뜨면 공장으로
낮 밤이 없으셨지

너희는, 너희는 아는가?
지금 조국의 이 터전은
임들의 순박한 육신으로 살아온 초석임을
임들의 고뇌 없는 노고였음을…

푸른 여명(黎明)

길고 먼 어둠의 고독 속에서
하얀 그리움을 품을 수 있음은
여린 사랑의 움이 트고 있음이다.

나에게 다가옴 없이
누군가를 떠올리며
여유로움을 가질 수 있음은
잔잔한 행복의 촉이 트고 있음이다.

홀로 고독의 도가니에 갇혀서도
생각하는 자유는
자위할 수 있는 희망의 푸른 여명이다.

인생의 행로

산등성이 길 굽어 돌아
구름 걷힌 하늘 끝 파래 오면
태평양에 물기둥이 솟은들 모를 일이다.

눈 뜨면 찾아드는 날들 앞에서
온갖 난무(亂舞)들 조용할 날 없어도
삶은 흐르는 강물 같은 것.

비애에 젖어 나를 깨우며
환희에 젖어 나를 춤추지 않으며
흐르는 물에 녹아내려 삶의 때를 씻어가며
하루씩 닳아 없어지는 비누 거품 같은 것.

시종(始終)이 어디인지
살아와도 살아가도 모르는 바람 같은 것
그러다 고독의 끝자락에서 끝내는
정해진 곳으로 혼자 떠나야 하는 먼 여로이다.

귀착지(歸着地)

생의 길목에 바람의 스침은
하얀 이별의 손짓이며
시린 삭풍 뒤 훈풍이 불어오면
파란 그리움의 시작이다.

성황 고개를 넘는 저 구름은
서러운 이별의 멋쩍은 운무인가
초저녁 감나무 가지에 걸린 달은
또 하나 그리움의 시작이다.

유유한 강물 위를 마냥 흐르는 시간은
이별이 가까이 오고 있음이며
검은 하늘에 먹구름이 짙은 것은
고통스러운 이별을 토해내고자 함이다.

이별과 그리움은 생로(生路)의
신호등 없는 교차로
자연히 흘러가고 불현듯 찾아드는 것

묵은 한숨을 힘겹게 토해내고 들이쉬다가
붉은 노을이 시간 위에 머물면
욕망도 그리움도 따라 멎는 것
더 나아갈 수 없는 허무가
말로의 종착역에 다가오고 있음이다.

네 세월아

QR CORD

제목 : 네 세월아

낭송 : 박영애

너는
서글픔으로 가득 찬
소리 없이 지나가는 공간
그 속에 이내
생이 소모되어간다.

멎은 듯 빨라
아니 간 듯 스침은 믿을 수 없어
생의 소모를 볼 수 없는
눈뜬 소경이 되고 만다.

노을로 타는 안타까움
두 귀 있은들 뉘
저 설움의 소리 들으랴

네 주관 없는 무능함에 쫓겨
무량(無量)의 순간들이 닳아 없어지는
저 허무의 경계(境界)를
너는 아는지!

22

시원종이(始遠終邇)

풍운의 길 일편 운 떠돌고
강물처럼 흘러버린 세월
금세(今世)에 과거의 고난이 모두 추억이런가?

일월(日月) 품은 하늘은 억만 번을 검푸르건만
황혼으로 물든 단생(短生)은
맑은 호수에 투영된 운화(雲花)처럼 평화로운 듯
천지(天地)를 벗 삼은 날들
종(終)의 어둠 속으로 야위어간다.

기억 속에 아른거리는
희미한 추억들을 되새김질하다
퉁명스레 걸어온 길 다 다듬어내지 못하고
한순간 연기처럼 피어올라 사라진다 해도
저 오르지 못한 다다름의 길을
아직 걸어가야 한다.

상흔(傷痕)

낙화의 사랑도 세월은 기억되는 것
불러도 대답 없고 더는 부를 수 없는
슬픈 이름이여!

멈출 줄 모르는 세월에
고운 흔적 지워질까 두려움이 밀려오면
눈가에 도는 눈물은 아직
가슴에 남은 애틋함이랴

낙엽 밟으며 묻어둔 밀어들
새록새록 젖어 오면
환희의 되뇜에 떠나보낸 상처가
아직 아픔으로 울려온다.

삶의 요동

삶은 요동(搖動)
거친 숨소리 들리었는가?
행복의 나래
고요 속에서 용솟음하는가?

하늘은
고요한 듯 바람 지나고
맑은 듯 구름 지나는데

인간사
숨소리조차 고요할까
거친 격랑(激浪)도 도는 광풍도
모두가 삶인 것을

황야를 질러오며
멍뿐인 가슴에 조용히 드리우는 허무
삶은 늘 그런 것이기에 슬퍼도
나는 슬퍼하지 않는다.

삶은 열정과 투쟁이다

삶의 길에 열정이 없는 것은
버려야 할 무가치의 자만이다.
삶에 실천하지 못하는 우매는
용서받을 수 없지만
현명하고도 실천하지 못하는 자만은
더욱 용서받을 수 없는 패배이다.

인생은 자신과의 투쟁이며
투쟁하지 못하는 것은
무념 무욕 나태의 만연이며
장도(長途)에 승리의 기를 내리고
이미 패배의 길을 맴도는 무능과
정신세계의 결핍이다.

곧 자만은
자신의 욕망을 버린 것이며
훗날의 안녕을 짊어지지 못할 무능의 극치다.

생사(生死)의 길

햇살 한 줌
동토 위에 흐르니
겨울 녹아내리고

멈춘 듯
고요한 숨소리
고개를 쳐드니
차가움 속 봄의 수줍음은
어서 가자 속삭이네.

삶도 죽음도 곁에 있어
살아서 죽고
죽어서 살고
함께 흘러가는 곳

한 생 살아서 죽고
한 생 죽어서 사네.

바람의 인생

인생은 검은 두 눈동자로
앞을 바라보며 사색하고

늘어진 두 귀로
지나가는 세월의
바람 소리를 듣는 것이다.

인생은 두 귀에 무심히 들리는
눈앞의 투정 소리이며

기쁜 일보다 슬픔과 고난이 더 많아
애처로운 가슴 저미며

사랑에 웃고 사랑에 우는
비련의 틈바구니에서
지나가는 세월의 바람 소리를 듣는 것이다.

진루(眞淚)

진실한 삶은 부언(不言)의 값진 보배
감동과 설움의 진심이 눈물지어
뚝 뚝 맑은 이슬방울로 떨어진다.

무언의 진심이
덧없이 흐르는 세상 위에
맑은 이슬방울로
뚝 뚝 떨어지는 것은

환희와 비애가 혼돈되어 흐르는
삶의 길 위에
서러운 진심이
감동으로 비치기 때문이다.

잃어버린 꿈

태양을 삼킨 어둠은
격정의 시간을 잠재우며
한낱 과거 속으로 스미고

긴 침묵 속에 깨어난 하얀 꿈은
영혼 속을 허위적이며 몸부림친다.

세상은 하염없이 돌고 있는데
돌아가는 세상 위에서 직진하는 삶은
맷돌의 손잡이가 되어 따라만 돈다.

번뇌 속을 오가던 몽상은 어디로 가고
가슴은 공허함만 가득 쌓여 가는가.

강물처럼 흐르던 긴 침묵 걷히고
꿈속에서 깨어나 헤매다
다시 어지러운 현기증을 타고
자회(自回)하다 스러질 삶은 잊은 채로
저기 100년을 바라본다.

그런지도 몰라

가버린 사랑을 기다리며
애태우는 것은
슬픈 일인지도 몰라

늘 가슴속에
아련한 그리움을 드리운 채
마냥 웃고 있는 것은
미친 짓인지도 몰라

봄날 꽃길을 거닐며
가득한 향기와 아름다움에 취하여
푸른 산하를 바라보며
연록의 향연을 느낄 수 있음은
순전히 내 뜻만은 아닌 거지

생의 무게를 홀로 견디며
인생에서 그 누구도
기다려보지 않은 삶은
더욱 슬픈 일인지도 몰라

고도(孤道)

온 길은 하나 갈 길도 하나
푸른 하늘을 활짝 열고
가슴 속 열정을 지른다.

갈길 수만 리 험하다 해도
어차피 내가 가야 할 길
푸른 꿈을 찾아 나선다.

한 생 살다
가는 날 회한(悔恨)을 말자
멀고도 가까운 마지막의 문
누구나 한번은 통해야 하거늘

처음 이승 위에 떨어져서
외로움에 뒹굴며 울었거든
돌아서 가는 길 마지막은
혼자 외로워서 웃자.

삶을 사랑한다는 것

삶을 사랑하는 것은 내 멋대로
인륜을 벗어던지지 않고
제 따르며 나를 믿어 가는 것

주위의 작은 사랑에 기대어
큰 사랑을 지키며 제 아우르는 것

풀잎 끝 이슬방울이
땅 위에 떨어져 속으로 스미듯
제 포용하는 것

세상을 둥글게 끌어안고
어루만지며 동행하는 것
끊임없이 새 삶을 개척해 가는 것이다.

하루

너 가니
나도 간다.

서 있기도 외롭거니
너 가면 나도 가고야 만다.

햇살에 뿌연 안개
지우면 그만인 걸

가슴속 한 미련
왜 못 떨칠까?

희망은 굳센 곳에

별빛 쏟아지는 거리
새벽이슬이 시리다.
아름다운 저 별들 쏟아지고 나면
희망이 차오르길 빌어본다.

바람이 불어오는 길목
해님 잉태한 곳에
별들 다 쏟아지고 나면
햇살 다시 뻗쳐오겠지
희망은 햇살 타고 차오르겠지

오늘도 주어진 삶
힘들어도 다시 걷자

가야 할 곳 그 어디라도
가다가 넘어지는 아픔 있을지라도
나는 가고 말리라.

빛바랜 사랑

여리게 피어나
마지막 죽음으로 가는 길에
바람이 나더러 길을 일러주거든
죽어서 사는 환생을 꿈꾸며
비단길을 걷는다 할 것이다.

흐드러지게 푸른 세월 실컷 뽐내고
지는 낙엽 설워 오기 전
마지막 정열 만산에 불태워
비단옷 곱게 차려입고 천 상길 수놓으리.

마지막 이별의 장에 그대를 초대하노니
이승의 못다 한 사랑 활활 살라
그대 가는 길에 언제고
기쁨만 가득하고 눈물짓지는 마소서…

사랑의 증명

푸른 사랑도 어느새
갈바람에 서러운 날
붉은 눈물은 단풍을 짓고 말았습니다.

서러워 더 붉어지면 또
지친 애상은 낙엽으로 질 테지요.

서럽다, 서러워 마요
낙엽 떨군 나목도 사랑을 기다리고 있습니다.

잠시 떠나보낸 사랑, 서러워도
다시 새 꿈으로 찾아올 것을 믿기에
외로워도 눈물 없이 기다립니다.

초라니 웅크려 떨고 있는 심장에도
사랑은 용솟음치고 있습니다.
새날 새 아침에 그 사랑 증명되겠지요.

아버지

살아계실 땐 몰랐습니다.
가슴 쓰린 증상이 어떤 것인지

당신의 자리에서 바라본 지금
그 증상이 애절히 아려옵니다.

파랗게 한 서린 세월 앞에
이제와 아린 마음을 어쩔까마는

한 몸뚱이 고난도 기쁨이란 걸
당신 살아계실 때 몰랐음이 원한입니다.

2.
별의
향기

세상이 흔들린다. 나도 함께 흔들린다.
바람에 흔들리는 것이 아니라
가야 할 길을 걷는데 세상이 나를 흔든다.
흔들리지 않는 삶은 없는 것인가.
바람은 없는데 왜 흔들리는지
내 삶에 바람이 불고 있었던 것인가.

하얀 욕심

나는 나를 누군가에게
늘 그리운 사람으로 남고 싶다.
이른 봄 돋아나는 어린 새싹들을 볼 때나
가을날 쓸쓸히 뒹구는 낙엽을 볼 때에도

찬바람에 온몸 오그라드는 겨울날
따뜻한 찻잔 앞에서 언 가슴 녹일 때에도
그대 가슴에 점되어
떠오르는 사람이 되고 싶다.

외롭고 쓸쓸해 누군가 그리워질 때
맨 먼저 떠오르는 사람으로
가슴속 따뜻한 추억거리는 없을지라도
내가 떠올라 그대가 미소 지을 수 있었으면 좋겠다.

내 욕심은
나를 그대 기억 속에서
지워지지 않는 사람으로
그립고 보고 싶은 사람으로 남아 있으면 좋겠다.
그렇게 먼 훗날까지…

사랑의 정체

나는 그리움을 사랑이라 부르고 싶습니다.
사랑하는 마음 없인 그리움이 묻어날 수 없으며
그리운 마음을 잉태할 수 없기 때문입니다.

보고 싶은 마음 없이 사랑이 잉태될 수 없듯이
사랑으로 보고 싶은 마음이 있어야
그리움이 깊어지기 시작합니다.

우리는 혼자가 아니어야 합니다.
너무 외롭지 않아야 합니다.
인간의 정 속에 자라 그리움을 알아야
사랑하는 마음이 용솟음칠 수 있기 때문입니다.

정 없인 사랑할 수 없습니다.
그리움 없인 사랑할 수 없습니다.
사랑 없인 다 있어도 있는 것이 아니며
살아도 사는 것이 아닙니다.

사랑이란 함께 있어도 그립고
바라보면 눈길을 돌리기조차 아까운 것입니다.

당신입니다

어두운 밤
하늘에 떠 있는 달보다
더 빛나는 사람
당신입니다.

세상을 밝게 비추는
태양보다
더 소중한 사람
당신입니다.

꽃보다 아름답고
더 향기로운 사람
당신입니다.

진주보다
더 영롱함을 품은 사람
바로 당신입니다.
나는 그런 당신을 사랑합니다.

그리움

그리움
너를 처음 만났을 때
너는 초승달이었단다.
애처롭고 수줍은 듯
얼굴을 내밀던 너는 초승달이었단다.

그리움
또 너를 만났을 때
너는 반달이었단다.
입가에 예쁜 웃음 가득 담고
푸르게 희망처럼 떠오른 너는 반달이었단다.

그리움 너를 못 본 지금
너는 보름달이 되었단다.
내 가슴 안에서 구름 사이로
얼굴을 묻은 너는 보름달이 되었단다.

가슴속에 보름달이 되어서
살며시 구름 위에 걸친
그리움이 되어버린 너는 언제쯤 나오려는지
너는 내게 긍정이고 희망이란다.

바람으로 가버린 사랑

혹풍(酷風) 세차고
세상이 꽁꽁 얼어붙던 그 날
나는 너무 추워 내 발등을 덮을
네가 몹시 그리웠다.

이미 내 팔을 놓아버리고 떠나간 너는
댕강거리며 매달려 있을
동토의 긴 고통을 예견이라도 한 듯
그렇게 아무 말 없이 달아나
보이지 않는 구석에
그리움으로 처박히려 하는가.

움직이지 못하는 발 두고서 팔이 부러져라
네가 돌아오길 손짓해 불러보지만
내 곁에서 점점 멀어져만 가네.

쉰 목소리 쇳소리가 나도록
더 크게 사정없이 너를 부르는데
부르는 만큼 너는 점점 바람으로 가버린다.

추워 죽을 것만 같다
발도 얼고 손도 얼고 심장까지 얼 것 같다.
부르면 부를수록 무슨 이유로 반항하는지
더 멀리 바람으로 가버린 네가 밉고 그립다.

어이하라고
동토(凍土) 위에 나만 버려둔 채
무영(無影)의 그리움만 가슴 가득 쌓아놓고
돌아오지 못할 바람으로 가 버렸는가.
그대 내 사랑이여!
내 사랑이여!

그대 사랑하리오

밤새워 그대를 그리다 깜박이며 꺼져가는
샛별의 운명일지라도 그대 사랑하리오.
가슴에 맺힌 비애로 눈물 흐르고
때로는 그대의 두 눈에 분홍눈물 고여
가슴속까지 흠뻑 젖는 아픔 있을지라도
그대 사랑하리오.

호수처럼 맑은 그대 가슴에 잔잔한 파도 되어 일렁이며
언제나 내가 있음을 일깨워 주리오.
수정보다 맑고 아름다운 그대 눈망울
나는 그것을 사랑으로 여기며
한없는 기쁨으로 간직하고 살아가리오.

그대를 만나고부터
언제나 푸름을 잃지 않는 소나무처럼
내 마음 늙히지 않으려 애쓰고 있음을 그대 아나요?
당신도 호수 같은 아름다움 부디 잃지 마시오.

무한히도 그리운 이 시간의 지남은
세월의 흐름이 아니라
우리의 만남이 한 걸음 다가오고 있음이겠지요.

긴 그리움

당신 어디 있나요?
내 목소리 작아 들리지 않나요?
나 지금 당신을 애타게 부르고 있는데
왜 대답하지 않나요?

당신 숨을 때 내 심장 타는 그리움도 가져갈 것을
끓는 애간장 어이하라고 이렇게 큰 그리움만
덩그러니 걸쳐 놓고 왜 떠나갔나요?

당신, 안 보이게 살아 있음을 숨긴 거지요?
그래서 대답하지 않고 숨소리마저 감춘 거지요?
이대로 정녕 가버릴 거면 차라리 간다고 말이나 하지
찰나에 홀연히 떠나버리면 어쩌란 말인가요?

한번 약속 영원한데 함께 영원으로 가자던 그 약속
그리 쉽게 허탈하게도 내던지고 홀로 떠나갔나요.
아직도 그대 생각에 미칠 것 같아
오늘도 신작로의 긴 그리움 달래려
무상세월 앞에 망각의 길목을 서성입니다.

말해주오

그대 아나요?
바람 불고 낙엽 지는 오늘이 내겐 얼마나 길고 슬펐는지!
텅 빈 가슴은 허무한 풍선 측은의 눈물 두 눈가에 어리어
속으로 흐른 눈물 남몰래 훔치며
기다림의 목이 얼마나 늘어졌는지

나만 그렇고 그대는 아무렇지도 않은 건가요?
사무치는 그리움이 그대에겐 흔적마저 잊힌
나 혼자만의 애끓음인가요?

좋아한다 말한지 얼마나 됐다고, 인생길 함께 가자더니
그 말 내 귓가에서 채 식기도 전 잊고 홀로 떠나갔나요?
그럴 걸 왜 정은 두고 갔나요? 천만 근 무겁게 두고 간 정
나더러 어이하라고 영영 가고 오지 않는 건가요?

그대 오지 않으면 잊으란 건지요?
눈치 없어 잊지 못하는 마음 아직도 그대를 기다리는데
그대 오지 않으면 정녕 잊으란 건가요?

그대를 믿은 게 내 죄는 아닌데 왜 나만 아파해야 하나요.
그래도 잊겠노라 말을 할 순 없지요.
이렇게 바보 같은 내게 차라리 말을 해줘요.
이제 잊으라고, 잊으라고…

비연(悲緣)

바람결에 스쳐 간 인연이여
돌아선 뒷모습 잊지 못하오.

침묵할 수 없는 그리움 너무 크고
허무한 마음 가슴에 담을 수 없어
집착을 버리려오.

삶의 지나는 통로에서 바람 살랑이거든
주저하지 말고 다시 나를 불러주오
부르는 소리 작아도 내 모든 것을 우선하리다.

바람결에 스쳐 간 인연이여
아카시아 꽃 짙은 향기에 실려간 인연이여
못 잊는 애련(哀憐)의 마음 가슴에 자란다오.

임 생각

1)
휘영청 달 밝은 밤 홀로 거니는 호숫가
물결치는 너울 소리 잔잔하게 들려오고
갈 곳 잃은 내 마음 호수 위에 머문다.

사무치는 그리움을 한 잎 낙엽 위에 새겨
잔물결 위에 띄워서 임 계신 곳 멀리멀리
바람아 불어라 더 세게 불어라
네 마음 닿는 곳 내 마음도 가져가 다오.

2)
흰 구름 두둥실 흘러서 어디로 가나
바람 소리 산새 소리 고요하게 들려오고
떠나가는 임은 가지 말라 잡을 길 없네.

외로움에 그리움에 임 생각 가득한데
서러움의 지나온 길 시름일랑 모두 잊자
바람아 멈추어라. 세월아 가지 마라.
떠난 임 아니 오면 이내 마음 어이할꼬.

그건 사랑이었지

세상이 흔들린다. 나도 함께 흔들린다.
바람에 흔들리는 것이 아니라
가야 할 길을 걷는데 세상이 나를 흔든다.
흔들리지 않는 삶은 없는 것인가.
바람은 없는데 왜 흔들리는지
내 삶에 바람이 불고 있었던 것인가.

내 조용한 삶에도 어느새 바람이 배어들고 있었나 보다.
인생이 무언지 알만하던 날, 사랑이 무언지 알만하던 날
허망에서 불어온 돌풍은 가슴을 휘젓고 돌아간다.
두 눈의 향기 담은 대화 애달픈 눈물 강을 이루고
끝내 저승길로 이별해야만 했던 멍든 가슴은
짜디짠 혈루(血淚)로 바다를 이루었지

인내하기 힘든 그리움과
고된 고독의 두려움 때문에 죽음 앞에 이른 적도 있었지
시간의 명약 앞에서마저 아직도 흐느끼며 서 있는 내게
그 날을 추억이라 말하기에는 사랑에 대한 모독이다.
아직도 심장을 뒤흔드는 또렷한 것
그것은 진정한 사랑이었다.

말할 걸

그리워 그대 모습
떠오를 때면
수줍은 가슴 콩닥콩닥
방망이질 칩니다.

하고픈 말
응어리진 가슴
홀로 삭인 바보의 허무에
눈물이 납니다.

가버린 시간 다시오면
이제야 사랑한다, 말할 수 있을 것을
불귀의 시간은 슬픔입니다.

그리운 그대 모습 떠오를 때면
지금도 가슴은 방망이질 칩니다.

기다리는 마음

눈 내리는 창밖
쌓이는 설경(雪境)에 부신 눈은
바라볼 수 없어 애처로운데
첫사랑의 품속 같은 보드라움이
내미는 손끝에 녹아든다.

여린 진심이 굳은 심사는
백설같이 순결하고 아름다우며
발랄히 짓는 미소는 설중매 같으니

생각은 언제나 밝지만
가슴은 언제나 그윽하여
마주하는 미소는 애수에 찬 애틋함이여!
내가 기쁨에 슬플 때 나를 불러주오
내가 즐거움에 외로울 때 나를 불러주오.

지금 눈이 내리네
너무 하얀 꽃눈이 하염없이 내리고 있네.
오지 않는 사랑을 그리며
내리는 눈을 말없이 바라보네.

애원(哀願)

그리움!
숨기려, 잊으려, 지우려 해도
할 수 없는 철부지
높이 쓸쓸한 하늘 바라보는 애끓음은
진한 눈물이 난다.

깊어가는 가을날
숲 속 오솔길을 거닐며
잠자는 낙엽 아래 가려진 열매를 줍듯
숨은 그리움을 찾고 싶다.
놓친 시간을 잡고 싶다.

바람에 이산하는 운무처럼
세월에 씻겨가는 망각처럼
가고 오지 않는 사랑을 찾고 싶다.

돌아서 홀연히 떠나버린
그 사랑 지금 어디에
그 어디에…

사랑의 진심

진정한 사랑은
내 가슴 안에
상대의 가슴이 와 닿는 것

사랑이라는 말을 차마
전하지 못해도

상대의 마음이 어느새
나에게 넘어와
기대어 서 있는 것

가식(假飾)없는 마음으로
상대를 구속하지 않고
나를 맡겨두는 것이다.

온화한 표정으로
이해(異解)의 언어를 삼가고

그런 마음을 영원히
변치 않을 가슴을 갖는 것이다.

그리움의 병

그리움은
지울 수 없는 마음의 잔상(殘像)
가슴 끓이는 열병의 근원입니다.

그리움을 몽땅 지우고
가슴속의 열병
치유하려 발버둥 쳐도

그리움은 지울 수 없는
가슴속 깊이 돋아난 부존석(不存石)
만질 수도 볼 수도 없는
하얀 영상(靈像)입니다.

그리움은
한번 차면 영원히
가슴 속에 갇혀 사라지지 않는
애간장을 녹이는 몹쓸 병입니다.

가깝고도 먼 그리움

한 점 두 점 가슴에 쌓여가는 심원(心源)은
한 방울 두 방울 영혼 속으로 스며든다.

하룻날 새벽이슬에 젖어
물안개처럼 피어오르더니
그리움으로 채색되어버렸다.

오늘이 지난다고 내일이 그리운 건 아닌데
날이 가면 갈수록 깊어가는 심원(心源)은
가슴속에 자라만 간다.

가슴안에 흔적으로 남아서
밤하늘에 반짝이는 별이 되었다가
동천(東天)의 하얀 낮달이 되기도 한다.

그리움이여!
마음에 보이는 그곳이
어찌하여 그리도 멀단 말인가
가슴에 들어서도 잡을 수 없느니…

방황

기다림의 나약함은
차라리 고요로 들자

먼 길 회귀의 아픔
감내하지 못하려던
아예 그리움일랑 시작을 말자

나를 질주 본능으로 보이기 전
내 맑은 영혼이 울리고 있음을 아예 멎자

단지!
본능의 탓이라도 잊자

바람에 흔들리는 갈대처럼
내 마음
흔들리는 갈대가 되어서도 잊자.

회한

1)
나는 몰랐습니다.
당신이 나를 얼마나 사랑하는지

그립다 말할 땐
무심히 듣기만 했는데
당신 돌아서던 날
내 가슴 철렁 내려앉았습니다.

사랑한단 말 믿지 못하고
그대 멀리 떠나버린 뒤
그리움을 알았습니다.

그대 영영 떠난 뒤 홀로
회한의 눈물 흘립니다.

2)
당신은 몰랐겠지요.
나 당신을 그토록 사랑했었는데

좋아한다 말할 땐
그리도 무심하더니
이제 떠나려 할 때
가슴에 울림이나 있으려나요?

믿으라는 말 믿지 못하고
허망에 지쳐 떠나버린 뒤
내 진실이 보이려나요?

내 뒷모습 보인 뒤 홀로
회한의 눈물 짓지 마요.

불귀애(不歸哀)

애련(哀憐)의 술잔에 취해
밤마다 피눈물을 쏟던 날
다시는 생각 말자
맹세의 입술을 깨물었지

허무한 가슴은 고독으로 흘러
쓸쓸히 지난 시간을 돌아보지만
다시는 오지 않을 그 날들이
나를 슬프게 한다.

내 삶에 희망을 주던 한 송이
아름다운 장미가 지던 날은
세상에 깊은 절망뿐이었지

세월이 흐르고 절망의 강물 속에
불망(不忘)의 기억은 출렁이며
미련 속에서 흐느끼는 영혼은
짙은 그리움으로 가슴을 적신다.

기다림의 눈물

강 건넌 사랑 도려내고
머 언 인고의 흐름 속에서
잊힐 줄 알았던 고동 소리는
가슴속에 아련히 울림으로 남아서
이내 영혼을 파고든다.

허(虛)한 빗방울은
유리창에 투영(投映)되어
말간 그리움의 애틋한 추억들이
하나둘 빈 가슴을 적시는데

어딘가에서 기억하고 있을 사람
아니, 기억하지 못한다 해도
광활한 세상 가는 길 무한타 해도
한 번쯤 우연히 마주하는 운명이었으면
얼마나 좋으리오마는

다시 만나지 못할 운명이라면
죽음에도 가슴에 묻을 수밖에
내 또 어찌하오리오.

내재 된 사랑

미지의 그리움이 인다.
시계(時界)는 점점 바람 소리에 정이 들고
편심(片心)은 한 점씩 쌓여만 가는데

임은 얼굴 없는 천사여
그리움이 한 가슴 든다.

본적 없는 임은 본 듯
내 모습 본 적 없는데
임은 내 진심을 본 듯하랴

나는 볼 수 없는 거울에 뵌 듯
거울을 담은임이시여!

임을 못 보고도 볼 수 있음은
한 가슴 전해오는 임의 영혼이
포근하고 맑은 거울이기 때문이오.

사랑은 별이 되어

그대는 하얀 그리움
무시로 차오르는 슬픈 미소
가련한 마음 잊으려
처연히 속울음 서럽다.

소용없는 미련임을 알아도
늘 홀로인 채 기다리는 것은
멀어질 기억들이 두려워 옴에
초롱한 별빛에 새기고 싶음이다.

다시 못 올 사랑 잊지 못함은
활화산처럼 뜨거웠던 정열
식어버릴 냉가슴이 두려워서다.

그 고운 추억들 너무 소중하고
그 사랑 차마 버릴 수 없기에
저 하늘에서 반짝이는 그대의 영혼은
지금도 별의 향기로 전해져 온다.

언약

이승 위에 홀로라도
그대를 자유로이 사랑할 수 있다면

죽어도 죽지 않고
한순간의 삶에도 기뻐하리.

삶 위에 흐르는 사랑은
시간 속을 헤매는 피와 땀의 풍파에 절지라도
그 고통 기뻐 품으리.

고향

떠나 있어도 고향 땅
못 잊어 그리워
언덕배기 골목길 놀던 친구 아지랑이
언제나 마음에 피는 무지개

고향은 어머니 품속
그리워 가면 언제나 반가워
그리운 친구들 어디에
그리며 서로 다른 삶, 길가고 있겠지

하늘 가신 아버지
어머니 홀로
고향 떠나 꼬까신 신고 시집온 길
거기 내 고향

홀로 밭갈이하시며
감자 고구마 잡초 벗 삼아
임 생각 자식 생각 가여니 끝이 없어라.

어머니의 사랑은 영원하다

모르리라! 세상 아무도 모르리라!
정녕 바다보다도 더 깊은 어머니의 그 가슴을
부도 명예도 권세도 모르시는 84세의 어머니가
환갑인 자식이 늘 안타깝게만 보이시나 봅니다.

고향에 가면 어머니 혼자 살고 계시면서도
언제나 줄 것이 무엇인지
아무것도 없어 보이는 그 초라한 집에서
늘상 줄 것을 보따리, 보따리 챙겨놓으십니다.

오늘도 나는 고향에 갔습니다.
일을 마치고 차의 시동을 걸고 대문을 나서는 순간
어머니는 흰 봉투를 차 안에 밀어 넣으시는 것이었습니다.

돈 봉투!
순간 눈물이 핑 돌았습니다.
그러나 도는 눈물을 보일 수가 없었습니다.
울컥하는 가슴을 누를 길이 없어서
어머니 앞에서 고개를 돌리고 말았습니다.

마음을 진정하고 설레설레 손사래를 치자
이거 네 생일에 밥값이나 보태라 시는
어머니의 의지를 극구 거부할 수가 없었습니다.

내 환갑이 열흘 남짓 남았기에 어머니 모시고
형제들끼리 식당에 가서 점심이나 할까 했는데
어머니께서는 언제부터인가 내심 준비를 하셨나 봅니다.

대전의 집에 도착하였습니다.
푼푼이 모아 깊은 곳에 쌓아두신지가 얼마였는지!
만 원권 헌 지폐는 장장이 붙어서 셀 수가 없었습니다.
쏟아놓고 한 장 한 장 떼어내서 세었습니다.
백만 원이었습니다

세상에 꼬부랑 어머니가 자식 환갑날 밥값에 보태라고,
어머니의 그 깊은 가슴에 말을 잃고 말았습니다.
나는 끝끝내 말없이 눈물을 쏟고야 말았습니다.

어머니 감사합니다.
어머니께서 주신 백만 원, 백억같이 쓰겠습니다.
어머니 사랑합니다.

어머니

평생을 새벽밥하고 빨래하고
어둑거리는 시간까지 일만 하시는 어머니
평생을 일이 천성인 양 자나 깨나 자식들을 위해
새벽부터 달밤까지 부지런을 떠십니다.

지금은 일을 그만 하셔도 될 텐데
어머니는 일을 안 하시면 병이 나십니다.
거칠어진 손마디는 손이 아닙니다.
평생을 무슨 할 일이 그리 많으신지
어머니 손은 일하는 갈퀴가 되었습니다.

어머니에게 제 사진이 실린 시집을 드렸습니다.
어머니는 시집 같은 건 못 읽으시는 줄 알았습니다.
올해 82세, 어머니는 돋보기를 쓰시더니
제 시를 읽으시면서 자랑스러운 듯 다 늙어가는 자식이
대견해 보이는 듯 읽고 또 읽으셨습니다.

저는 몰랐습니다.
평생을 농사일만 하시는 어머니밖에 몰랐습니다.
어머니는 시집이 무엇인지 모르는 줄 알았습니다.
어머니! 위대하신 어머니, 제가 아닌
오늘 어머니가 대견해 보이십니다.
난생 처음 사랑한단 말을 전해드리고 싶습니다.

3.
바람의
계절

인연이란
지나온 먼 길 위에 존재하지 않으며
아주 짧은 거리에서도
가슴으로 주고받는 깊이의 관념인 것
길고 수려한 언술(言術)이 아닌
순간의 가슴속 공감의 심도이며
진실이 담긴 양심의 맺힘이다.

인생은 낙엽

찬란하던 초록빛이 엊그제인데
떨어지는 낙엽을 보니 눈물이 난다.
그 잎 언제까지고 푸르리라 믿었건만
어느새 갈색 옷으로 갈아입고

바람이 불면 부는 대로
힘없이 흔들리다 떨어져 뒹굴며
정처 없이 떠도는 네 모습에 지쳐 나이를 먹는구나.

나는 네 신세가 되지 말아야지
마음속으로 다짐해보지만
사랑하던 임은 이미 떠나가고
혼자 아닌 혼자인 세상 마음 둘 곳 없구나

외로움에 지쳐 서 있는 독송처럼
험한 세상 버티어 보지만
아무도 부르는 이 없는 빈 세상

아~
인생은 그리움만 안고 썩어가는
한 잎 낙엽인가 함이네.

잊으려면 잊어요

이제 잊으려면 잊어요
이제 떠나려면 떠나요
그대 가는 길 놓아드리리다.

평생을 기억에서
지워지지 않는다 해도
보내 드리다.

얼마나 많은 세월을 홀로
애 끓여야 잊힐는지
얼마나 많은 눈물을
홀로 삼켜야 잊힐는지

갈기갈기 후린 가슴 멍든 상처
치유될 날 언제일지 모르지만
그대를 보내 드리다.

그대 가는 길
붉은 눈물 흘리지 않도록
돌아보지 않으리다.

머무는 그리움

어둠 속의 별빛 새벽으로 흐르고
풀잎 끝 이슬방울 아침을 깨운다.

붉어 오르는 태양은 밤의 한기를 침식하며
창 너머 바람이 들던 길엔
나무들의 환의(換衣)가 한창이다.

지난 그리움들이 설렘으로 솟아오르고
유리창에 긴 투시의 햇살 한 줌
가슴으로 내려와 닿을 즈음
국화의 진한 향기가 나를 부른다.

아직 잊지는 말아야지
사랑이 다시 올 그 날까지
거닐던 언덕 초록이 돋던 날을
가슴속 붉은 정열 몽우리로 피던 때를

도토리 익어가던 가을
달콤한 밀어 속삭이며 바스락
낙엽 밟던 소리를…

애중(愛重)

세상에
사랑이 없는 삶은
희망도, 욕망도, 긍정도 없는

부정만이 존재하는
무의미한 삶이며

바람벽에 걸린 채
감긴 태엽이 다 풀려

힘없이 똑딱거리며
죽음을 기다리는
시곗바늘이다.

그리움은 숙명

그리움은 언제나
하얀 이상 위에 서성이는
높은 하늘을 떠가는 뭉게구름이다.

지난 순간의 그리움들이
시간의 깊은 독백에 빠져
온 가슴으로 밀려오면
나는 고뇌에 침몰한다.

지난 그리움들이 하얗게
밀물로 밀려온다 해도
견뎌온 오늘을 어찌하랴만

흉골(胸骨)에 새겨진 기억들
아직 가누지 못함은
사색(思索)하는 영혼이 있는 한
어쩔 수 없는 숙명(宿命)이다.

마음은 천 리

산새들 노랫소리
그리도 구슬프더니

머언 하늘에선
청(靑)비 내리고
긴 꼬리 검은 구름은
땅 위에 걸렸네.

오늘도 하염없는 길
마음은 천 리건만
비바람 치는 길을
어이 다 돌아들까?

어두운 세상사 씻길
청(淸)비 내리고
오늘도 가야 할 길
마음은 천 리.

시인의 언어

시인의 언어는
천부적이지 않으며

사랑과 이별
희망과 절망
고통과 비애
환희와 감동을 먹고

고난과 인내
갈등과 번뇌의 망상에서
생사의 선을 넘은
시대적 삶의 경지이며

가슴속에 끓는 감정의 깊은 고뇌와
근면한 노고의 표출이다.

소중한 욕망

푸른 욕망을 안고 헤쳐 온
가슴 벅찼던 생의 긴 시발점들이
잔생(殘生)의 경지에서 바라보는
망상(妄想)의 허황한 꿈이었을지라도 원망은 말자.

망상마저도 품을 수 없었던
무공(無空)의 각박한 생이었다면
우리에게 한 가닥 희망도 없었으리라
돌아보는 날들이 그렇지 않았기에
우리에겐 직시할 꿈이 아직 남아있다.

미래는 밝은 꿈 위에 무지개로 떠오르는 것
아니, 불현듯 솟구치는 망상에서도
희망은 파란 이끼처럼 새로이 돋아나는 것
모름지기 망상으로 살아가는 날보다
망상마저 멎어버린 무상(無想)의 생이 더 두렵다.

꿈도 망상도 융합(融合)하여 사색하며 미래를 열자
버리지 말아야 할 가치가 그 안에 있음이다.
허황과 허망의 몽상(夢想)이라도 좋다.
단지, 자연의 상생 앞에
멈추지 않는 욕망이기를 빌며…

빈 둥지

꼬꼬댁 꼭꼭
헛간 둥지 위에서 암탉이
목청을 높인다.

호들갑 소리는 아마도
방금 알을 낳았나 보다.

바보 같은 닭은
알을 낳아 제다
인간에게 **빼앗기고**
언제나 빈 둥지만 지킨다.

그러나
비정하다 욕하지 말라
삶은 다 그러하거늘

알을 다 낳은 뒤엔
너마저 구워먹을 것이다.
삶이 그런 것을 어찌하리.

물망초

나는 몰랐습니다.
마주할 땐 언제나 선해 보이니

처음, 온화하고 그윽한 눈길
쉽게 마음 닿으리라 알았지요.
불꽃같은 정열 태우리라 믿었지요.

그러나 바라보면
속 시원한 대답은 없이
언제나 웃음뿐입니다.

사랑은 기다리는 것이라기에
숨 졸여 기다리다가
또 하루해가 저물었습니다.

영영 가슴은 갈증에 시달리다
혼돈의 마음 물망초가 되었습니다.

마지막 정열

마음 밖의 사랑을
잡는다고 머물 손가

내재한 그리움을
잊겠다고 잊힐 손가

못내 아쉬워
한 세월 기다린다고
사랑이 다시 찾아들 손가

가버린 사랑 뒤돌아보면
눈물뿐인 것을

타오를 사랑은 불꽃 같아서
활활 타오르다 재도 남지 않을
내 모든 것을 소진할 것을…

참 인연

꿈의 경계를 넘어선 허공
긴 시간의 무게가 아닌 순간에도
인연이란 가슴 가슴에 깊게 흐르는 마음이
서로에게 스며들어 쌓이는 것이다.

인연이란
지나온 먼 길 위에 존재하지 않으며
아주 짧은 거리에서도
가슴으로 주고받는 깊이의 관념인 것

길고 수려한 언술(言術)이 아닌
순간의 가슴속 공감의 심도이며
진실이 담긴 양심의 맺힘이다.

졸졸 흐르는 시냇물처럼
삶 위에 함께 흐르는 마음으로
가슴에 잔잔한 행복이 흐르게 하는 것

참 인연이란 어느 순간
함께 할 수 있다는 것만으로도
기쁨에 겨운 것이다.

세월의 비애

쓸 곳에 쓰지 못한 시간 느낌 없이
오늘도 하루의 허무를 짓는다.

너의 길 막지 못하니
나의 세상은 내가 지고 간다.

사랑도 미움도 모두 짊어지고
나는 무거운 발걸음을 한 걸음씩
저 먼 곳까지 번져가는 어둠속으로 걸어간다.

여기 이대로 서 있던 긴 그림자
흔적도 없이 사라져가 애달픈데

세월아, 앞서지 말라
네가 앞서면 또 너를 따를 수밖에
누군들 달리 어이하란 말인가

오늘도 가만히 네 뒤를 바라보며
거짓 없이 따라가야만 하는 사실에 슬프다.

그리움의 거리

그리움의 거리는
기린 목처럼 길고

태양의 거리만큼 멀어도
작은 가슴 안에 들어 있는 것

세월이 빠르게 달아나도
늘 그 자리

그렇다,
잡을 수 없는 걸 어이하리오.

들꽃

내가 서 있는 곳이 진자리면 어떠랴
네가 서 있는 곳이 바람의 언덕이면 어떠랴

내가 피고 네가 피어
그곳이 꽃길이 되는 것을

세상사 자리에 매이지 말라
그곳이 어느 곳이든 일어나
바람 헤치고 피어나면 되느니

아니! 세월도 모른 척 그대로
쓸쓸히 바람에 흔들릴지라도
삶은 그런 것이거늘

어느 것 하나 바람에
흔들리지 않는 것 있다던가.
그 고통 인내하며 버티고 서 있는 걸

여기에 나
이대로 꽃으로 피리라
꼿꼿해서 들꽃이 되리라.

가을 전령사

가을로 가는 길
깊은데
아직 남은
여름의 언저리 따갑다.

코스모스
가을 짙기도 전 짙을세라
손 흔들며 임 마중하네.

가녀려서 흔들리는 몸짓
애처롭지만
그 꽃눈이 고와라

가을이 가기까지
그 눈빛
이 가슴에 품으리.

만추의 선운사

저만치 달아나는 햇살 쫓아
가을 속으로 깊어지는 선운사
추녀 끝 풍경이 운다.

병풍처럼 둘러쳐진
아름다운 산사의 앞마당엔
실바람이 노닐고

저 푸르러 울창한 숲은
여름내 입었던 초록저고리를 벗고
어느새 붉은 색동옷을 갈아입누나

붉고 고운 잎 햇살에 비치면
계곡의 못 속은 불 밝힌 듯 찬연함에
뭇 눈길을 멈춘다.

햇살 뉘엿뉘엿 서성이며
아쉬운 가을을 움켜쥔 산사의 노을은
금빛 그림자의 꼬리가 길다.

시월은 간다

여린 생명 솟아오르던 봄의 향기 찬연함에
시월은 생각도 못 했는데

무더운 날 시원한 빗줄기에 목젖 축이며
만산에 어우러져 푸르렀던 기다란 여름을
간밤에 살며시 떠나보낸
거기가 가을이었나 보다

들녘에 황금파도 춤추며
뿌연 안개 짙던 아침, 시월인가 했는데
어느새 끝자락이다.

산언저리 곱게 단풍 지고
빈 들판에 남은 허무 숭숭하여
할 말이 많은 듯 혀가 돌지만
입안에 말꼬리가 남아 있지 않구나

텅 빈 가슴으로 하늘을 본다.
바람 가고 구름 가고 그렇게
하늘에도 시월이 가고 있구나.

세월은 알 수 없는 미로

가을의 등 뒤에서 비에 젖은 낙엽은 서럽다.
갈 길마저 잃고 헤매다
바람에 걸려 채인 낙엽을 보면
발아래 숨긴 서러움 어쩔 줄 몰라
그 붉던 가슴속은 어느새 측은함이 휘돈다.

이 가을에 안색마저 검어가고
힘없이 내려앉은 두 눈두덩 아래에서
투명하고 그윽한 진액이 흐르는 것은
나만의 절규인가?

세월아!
어이 가는 곳을 말하지 않고
이 모두를 양떼지기처럼 몰고 가더냐?

목적지도 모른 채 초조한 마음은
서서도 앉아서도 가눌 길 없는데
너 가는 곳 정녕 어디란 말이더냐?

소란 속의 고요

세상이 시끄러워도
고요는 흐르고

흐르는 맑은 물속에서도
돌 위에 푸른 이끼는 내려앉는다.

세상이 시끄러워도
새들의 노랫소리는
아름답게 들릴 뿐이며

갈바람 겨울로 불어
동토 위에 낙엽 뒹굴어도

봄은 기다리고 있음에
스며드는 여린 햇살은
겨울을 조금씩 녹여내고 말 것

풍파 휘돌아도 초록은 돋고
붉은 꽃 노랑꽃 피우리라.

가을은 그리움의 바다

가을!
가슴에 머무는 환희
할 말 잃은 작은 입
이슬보다 맑은 눈동자 노을빛에 찬다.

산등성이 서성이는 가을아
발길 소리, 바람 소리 내지 말라
너 떠나가면
곱디고운 저 모습들 어이하라고

그 모습 바라보며 웃고 있는데
아닌 척
슬퍼도, 외로워도 마라

네 발자국 소리에 가슴 저미는
가을은 그리움의 바다
어디 그리움 아닌 것이 없구나

가슴속 상기되어 붉은 얼굴
돌아서서 홀로 훔치는 것은
말없이 흘러내리는 비단 강물.

낙엽의 혼

가을 끝에 목맨 생명선 옥죄더니
온몸 뒤틀리며 찬바람 고문이다.

떨고 있는 잎 물고문 시작인데
짝사랑도 더는 소용이 없네.

물고문에 들이켠 물
다 토해내지 못하고 축 늘어진 채
땅바닥에 곤두박질치누나

네 푸르러서 붉은 수많은 그리움
썩은 내 진동하겠지
썩어서 문드러지겠지

그러나 내버려두자
그대로 썩어서 너의 넋
푸른 영혼으로 피어나리니.

붉은 그리움

연 녹에서 진 녹까지
흐드러지게 피웠건만
한순간 떠나야 한다니

서러운 이별은
산 산에 붉은 그리움 달아 놓았네.

바람아!
내 앞에서 몸뚱어리 흔들지 마라.
저 붉은 그리움 뚝뚝 떨어지면
내 임 아니 오실라

고운 잎에 낱낱이 새겨둔 사연
내 임 기다리는데

붉은 노을아!
성황 고개 넘지 마라.
네가, 지면 그리움도 함께 묻히리니
가려거든
그리움도 눈물비도 지워 가려무나.

가질 수 없는 너

언제부턴가 내 안에 꽂힌 너를
가질 수 없기에 이제는 아픔으로 전해온다.
시린 바람 이겨내고 품은 생명 도도하게
여름은 하늘 높은 줄 모르고
초록 꿈을 키웠는데 어느새 가을이구나

가지에 매달린 꿈들 빨갛게 영글어 가고
나무 위를 나는 까치소리
까~악 까~악 정겨운데
벌어진 밤송이에서 알밤이 웃고
감나무 가지에는 익는 감이 웃는다.

실가지에 매달린 그리움들
바람은 자꾸만 나를 부르는데
정지된 가슴은 이보(移步)가 두려워
바라보고만 있누나

저 가지들 삭정이 되는 날 기다려야지
그래서 그리움 더욱 짙어지면
삭정이 뚝 부러지는 날 너에게 다가가야지
가질 수 없는 널 잡을 길이 없으니.

가을은 지나가는 바람

가을은 지나가는 바람
고운 일상 하나둘 그리움에 물들어
지고야 마는 바람이라오.

가을은 화려함에도
가장 서럽다 하지요
가을이라서
파란 하늘이 높아서 서러운 거라오.

가을은 짧아도
그리움을 잉태하여 기다림을 심어주고
사랑과 이별을 알게 합니다.

모두를 데리고 가면서도
여기저기 그리움만
주렁주렁 달아놓고 갑니다.

가을은 지나가는 바람
나를 세상 위에 멀거니 던져 놓고
흔들며 지나가는 바람이라오.

가슴으로 흐르는 강

검은 머릿결의 은빛 속삭임
무심히 떠가는 하얀 구름 밭
바람이 강물을 일렁이며 스쳐 가는
그것이 세월이다.

삶을 송두리째 싣고 가는 허무 위에
소화되지 못한 수많은 고뇌가 걸렸다
어느 흐르지 않는 곳 없으니
자연히 떠밀려 가는 것이다.

맨 처음 시작은 어디며
그 끝은 어디란 말인가?
우두커니 바라보는 삶 저쪽에서
빗금 쳐진 회색 경계선을 짊어진 채
또 새날이 밝아오고 있다.

와도 머물지 못할 걸
오는 길을 막을 수도 없느니
왔다가 또 삶의 비린내 풍기며 흐를 것을
가슴으로 흐르는 강물을 끌어 앉은 채…

세월이 스승이다

누가 인생을 설교 하는가?
그 길은 세월에게 물으라.
세월을 겪어보지 않고
겪어온 자의 지혜를 비웃는 것은
가장 어리석은 불손과 독선이다.

하룻날
거친 햇살이 영혼을 할퀴고
모진 비바람이 거세게 세월을 몰아가도
인생은 그 속에서 모질게 쇠어가는 것

고독한 어둠 속을 외롭게 거닐 때면
빛이 내려와 명멸하는 세월을 밝혀주고
그 빛은 삶의 등대가 된다.

인생 공허하다, 마라
마음속에 품은 것 하나 없어도
늘 가득한 것은
삶을 사랑하며 걷다보면
그래도 거둘 것이 남아 있더이다.

4.
꿈은
내 안에

삶을 사랑한다는 것은
희망으로 하루를 취(取)하고
무언가를 그리워하며
그것에 관심을 두고 싶어지는 것이다

눈꽃 송이 세상

펄펄 내리는 눈꽃 송이의 순결함
손에 닿자 차가움 사르르 녹아드는
첫사랑의 그리움마저 삼키는 보드라움이다.

순수한 마음 엄숙하게 나풀거려
대지 위에 하얀 눈 소복이 쌓이면
세상 모두는 네 품속이구나

검고 붉은 세상이 순박(淳朴)하고 고요하고 깨끗하다.
그 순백(純白)한 순박함으로
세상사 시끄러움도 덮였으면 좋겠다.

오롯이 지금이 처음인 양
제(諸) 세상 다시 태어났으면 좋겠다.
그리운 정으로 사랑으로 희망이 넘쳐나는
너그러운 세상이었으면 좋겠다.

눈 내리는 날 하늘을 보자
가끔은 그리하자
눈꽃처럼 하얀 마음을 낳는
순백한 순박함으로 살아갈 수 있는
세상에 기대어 보자.

봄이 오는 소리

바스락 툭 탁 미세한 울림
어느새 몸부림치며 깨어나는 신음

혹독한 시림은 세상을 얼려놓고
다시는 들을 수 없을 것 같던 여린 울림이
저 하얀 계곡에서 서서히 가슴으로 파고들면

통한의 설움 뚝 뚝 녹아내리고
계곡의 미려한 물소리 정겹게 졸졸
깊은 생명의 숨소리 귀에 걸려온다.

아직 칼바람 윙윙 도는데
가지 끝 씨눈은 벌써 하얀 기지개를 켜며
안으로 초록 꿈이 흐르고 있구나

시간 위에 흐르던 긴 고독 걷히고
동백꽃 꿀을 쫓는 동박새도 분주하다.
들판에 부는 바람 한 손은 겨울을 쫓고
한 손엔 봄을 안고 오누나

매실나무

한설 맞으며
죽은 듯
고고(孤孤)히 서 있어도

어느새
긴 기다림은 다가와
몽우리 맺힌다.

아직은 눈곱 실눈 작게 뜨고서
한 줌 햇살 그리워
부푼 눈두덩 떨고 있는데

어느새 수줍은 꽃잎
힐끗 얼굴 내밀어
훈풍에 꿈을 피운다.

이팝나무

중춘(仲春)의 들판 푸른 쑥버무리 위에
하얀 쌀가루를 뿌린 듯
백설기처럼 피어오른 꽃잎은
검은 눈동자가 부셔오누나

푸른 잎 위에 봄눈이 내린 듯
하얗게 피었느니 꽃아~
네 이팝나무야

봄바람에 살랑살랑
고운 손 내저으니 나를 부르나
난 너에게로 다가간다.

곱고 예쁜 하얀 소복 차림은
뭇 사랑 독차지할 욕심쟁이
넌 지나는 날 유혹하나니
내 사랑인 양 흠뻑 빠져든다.

꽃아~
네 이팝나무야

금강의 봄

금강의 모래톱엔 버드나무 숲 이루고
산등성이에는 뻗쳐오른 새순마다
안개처럼 피어오른 연초록이
파란 그리움을 한 아름 움켜쥔다.

머언 미무(迷霧)의 기억은
도도한 강물 위에 아른거리며
망각의 굴레에서 발버둥 치지만
세월의 그리움은 쉽사리
끝낼 수 없음을 가슴으로 읽는다.

저 역사의 강물을 따라 흐르듯
오늘도 봄이 찬연히 흐른다.
땅 밑으로 흐르고 지평을 흐르고
하늘로도 흐른다.
어느 곳 봄 아닌 곳이 없다
나도 봄을 쫓아 흐른다.

오월이 가네

오월이 가네.
목마름에 애갈 하던
초록 보리 누렇게 익어
오월이 가네.

앙상하던 가지에
연초록 잎 피워내고

이팝나무 가로수
하얀 꽃 곱게 피운
오월이 가네.

숲 속을 걷노라면
아카시아 꽃 초롱이
짙은 향기 아쉬운
오월이 저만치 가네.

동심의 영혼

시냇가 언덕 버들가지
따사로운 봄볕에 물오르면
예쁜 가지 꺾어서 호드기를 불었지

둑길 미루나무
따사로운 봄볕에 물오르면
곧은 가지 꺾어서 호드기를 불었지

오월의 초록 보리 누렇게 익을 때면
보릿대 잘라서 보리피리 불었지

무더운 여름날엔 초원 위에 누워
풀잎 따서 입에 물고 풀피리를 불었지

가을 날 대나무 주둥이 빗 잘라서
댓잎 끼워 입에 물고 대나무피리를 불었지

아! 그립다
피리 소리에 영혼을 담아내던 어린 시절
어려움 속에서도 살 맛 나던 그 시절로
다시 회귀하고 싶어진다.

길나래 비(飛)

보릿대 잘라서
한쪽 끝 반쯤 짜개어

짜개진 보릿대 속에
보릿대 하나
한쪽 끝 또 반쯤 짜개어
양 날개로 펴서 길게 또 끼우고

보릿대 또 잘라서
붓 뚜껑처럼 덧씌우고

길게 끼운 보릿대를
위로 밀고 아래로 당기고

길나래 비 훨훨
양 날개를 펄럭인다.

나비 맘

내가 좋아 좋거든 좋다 시오
내가 싫어 싫거든 언제든 싫다 시오

나를 좋다 건, 싫다 건
온전히 그대의 몫

꽃피고 나비 듦은
나비의 맘

꽃 지고 나비 낢도
나비의 맘.

새의 마음

새들은 같다
웃음소리도, 울음소리도
요란한 경고소리도
연인끼리의 다정한 얘기소리도

새들은 웃을 때 눈을 감지 않는다.
슬퍼도 눈물을 보이지 않으며
서로 다정히 얘기할 땐
고개를 갸웃거린다.

새들도 그리움을 안다.
외로움도 슬픔도 안다.

그러나
그리워 외로워 슬픔에 젖어도
울지 말라며 눈물샘을 버렸다
고독에 빠져서 그대로 죽어도…

빗속의 고요

비 내리는 날
먼 산을 바라보면
마음이 고요하다.

내리는 빗소리
시끄러워도
먼 산을 바라보는 마음은
고요하기만 하다.

삶의 고단함에
지친 가슴을 비에 적시며
먼 산을 바라보는 마음에는
고요함이 깃든다.

그리움
외로움
모든 번뇌 흘려보내고
낮은 곳으로 흐르는 마음에는
고요함이 깃든다.

위대한 생명력

생명의 자생력은
극한 지경의 환경 속에서도 꿈틀대고 있다.

작은 새는 강자를 피해
고공의 두려움을 무릎 쓰고
날개를 달고 하늘로 올라 새가 된 것을

물고기는 지느러미를 달고
물속에서 수족처럼 내저으며
깊은 물속을 유유자적하는 것을

모두가 극한 속에서도
사는 방법을 터득한 것이다.

동토에도 새 희망이 꿈꾸고 있으며
비좁고 단단한 바위틈에도
생명의 꿈은 용솟음친다.

환생

흙에서 온 나는 환생을 위해
땅 위에 고운 이불 덮인 채로
긴 꿈을 꾸며 단잠에 든다.

어느 날 내재한 영혼의 진리로
고통의 살갗 부풀어 올라 생은 시작되고
짓눌려 무거운 땅거죽 밑에 연약한 기둥으로
처마 밑 살짝 쳐들어 지그시 두 눈을 뜬다.

현세에 부딪히는 첫 눈동자
아직 수줍어 고개 숙인 채
삶이 낯설어 홀로 서 있기 힘겨운데
용트림으로 허기진 내게 젖을 뿌려
나를 보듬어 주는 내 임이어라.

수줍은 새색시 따사로운 햇볕 고개 쳐들어 반기고
멀리서 불어오는 솔바람에
새색시 초록 치마 점점 짙어만 가는데 가을 목마름에
오늘도 임의 발걸음 소리가 그리워진다.

나는 팡개

마디 속 텅 빈 대나무
십자로 찢기어 재갈 물리고
나는 논두렁의 파수꾼이다

토탄(土彈) 한입 물고
우주를 한 바퀴 돌아 발사
나는 가을 논두렁의 파수꾼이다

굶주림 채우려다
토탄에 놀라 혼비백산
허둥지둥 날아간 참새
참새야 넌 내가 얼마나 미웠니?

지금은 너와 나, 오랜 이별
이젠 친구가 되고 싶다
널 쫓던 내 모습 사라지고
쫓기던 네 모습 그립구나.
지금은 이름마저 잊힌 나는 팡개다.

진리의 역변환

먹구름 하늘
간밤에 바람이 몰래
두레박질을 해댔는가보다.

검은 하늘은 거대한 호수가 되어
목 타는 세상 곳곳에 조루질을 한다.

위에서 아래로 흐르는
진리가 통하지 않으면 천지는 개벽한다.

바람은 진리를 역변환하여
물을 하늘에 올리고
순리로 세상에 내려주니
진리를 역변환하는 자연의 섬세함은
신비로움이다.

물고기의 꿈

하얀 별들이 모여 사는
파란 호수 속에
반짝이며 물고기가 노닌다.

나는 네 유희에서
꿈을 먹고 있는데
너는 무얼 먹고 사는 거니?

물고기는 말없이
별을 한 입 물고 떠오르며 속삭인다.
하늘을 날고 싶다고…

잡초도 아름답다

꽃이라서
아름다움 홀로인 너
꽃 아닌
저 한 포기 잡초에도
아름다움은 간직되었다.

없어야 알 것인가
흔해서 천덕꾸러기

저 들판의 잡초 싱그러워
너에게서 얻는 생명의 신비함 어찌 알까?

네 당당함 광야에 푸르러
외롭지 않음인데…

장대의 기상을 열자

눈부시게 파란 쪽빛 하늘
더 높이 더 파랄 수 없네.

한 점 그리움도 숨길 수 없는 파란빛에
서러운 눈물이 도는 것은
저 안에 내가 가고 있음이다.

푸른 잎 단풍 지고 고엽(枯葉) 찬바람에 울면
아픔마저도 사랑했던 날 들 고요 속에 묻힐라.

한 삶이 그만인데 결구(結構)를 벗어남이
이토록 버거움인가?

오늘은 내일의 거울일 뿐
내일을 대신하지 못하기에 내일은 또 열 몫
가로막힌 설움 헤치고 장대(壯大)의 기상을 열자.

결실

그리움 얼어붙은
통한(痛恨) 속의 잉태된 사랑
춘원(春園)의 해맑은 연둣빛으로 피어나고

봄의 생기 꿈틀거리면
물오른 대지 위에
초록향기 가득한 희망이 인다.

녹음 짙은 여름밤
풀벌레 울음소리 단잠 설치고
여름은 애써 키를 한길 키워내는구나

가지엔 주렁주렁 사랑의 결실 커가고
인간들은 사랑으로 바라보며 목을 빼 올린다.

저건 공존의 양식이라고
그래서 보는 눈이 사랑스럽다고…

가을의 서곡

풀잎에 맺힌 이슬방울
옥인 듯 아침 햇빛에 찬란하다.

깊어가는 가을
유유(幽流) 청천(靑天)에 유혹당한
나그네 마음 어이할꼬?

코스모스 희붉은 웃음에
한들거리는 춤사위는 반가운 무언의 눈짓
아름답다 듣지 못하는 신선 무(神仙 舞)
나그네의 서러운 발길을 잡누나.

나무는 잎과의 이별 중인가
이내 정 떼려는 고통 비애에 찬다.

잎 떨어져 바람에 굴면 그리움 잊히려나.
서러움 떨치고 정 떼려는 고통
그리움 가득 맴도누나.

만추(晩秋)

가을이 가는 소리
추풍은 저 멀리 심산계곡
서러운 갈색으로 물들이고
높은 하늘은 나를 유혹해
바라보라 말을 하나 하니

쓸쓸히 지난 시간을 뒤돌아
그리움을 하염없이 마음속에 주워 담으며
나를 낮추어 겸손함을 일깨운다.

세월은 일순간 청춘을 노을로 물들여 놓고
묵묵히 걷는 나그네에 설움을 잊으라 하지만

고독에 지친 나그네
어느새 흐르는 추풍을 타고
고운 잎 하나둘 설움에 진다.

희망을 노래하자

가는 세월
아쉬움 잡지 못하고
오늘도 덧없는 인생
붉은 노을에 곱게 태워 단잠을 재운다.

지난 아쉬움의 흔적들은
이쯤에서 모두 지우고 다시
푸른 희망을 노래할 수 있으면 좋겠다.

하마 입 서산마루
너는 무엇이길래
이글거리는 붉은 태양을 집어삼키나

짜디짠 바닷물에 태양을 타 마시고
아침이면 그 불덩이 찬란하게 피워
희망을 잉태시켜 동해로 토해내겠지

그러하듯이
내일이면 우리도 미련한 잠에서 깨어나
생의 찬란한 희망을 힘차게 노래하자.

풍, 운, 설, 우(風雲雪雨)

삶은 바람 같은 것
정처 없는 산들바람이 되어
한 곳에만 가만히 머물지 못하고
휘돌아 가는 것이다.

삶은 구름 같은 것
청청(靑靑) 허공 위에
덩실 춤을 추며 흘러가다
홀연히 사라지는
요술보따리 같은 것이다.

동한 강설(冬寒降雪)은
절망 아닌 새벽의 희망이며
하얀 세상 위에 꿈을 피워
청운(淸雲)으로 살라는 것이다.

봄비는 슬픈 기쁨이며
세상의 오만(汚慢)을 청정(淸淨)해
새 돋움의 삶을 살라는 것이다.

꽃 같은 삶

삶을 사랑한다는 것은
희망으로 하루를 취(取)하고
무언가를 그리워하며
그것에 관심을 두고 싶어지는 것이다.

창가에 시원한 바람이 들고
산등성이에 뭉게구름이 흘러가면
한없는 그리움에 눈시울이 붉어지는 것

솟아오르는 태양에서 희망을 보고
밤하늘에 떠 있는 하얀 달빛으로
거울이 되어 누군가를 비춰보는 것

내 가슴속의 진심을 한 점씩 녹여내고
누군가의 마음이 하나씩 보이기 시작할 때
행복의 강물이 흐르기 시작하는 것

한 송이 꽃이 주위를 사듯
꽃 같은 삶이 가슴에 피어나면
모두에게 샘물 같은 사랑이 솟고
행복이 흐르기 시작할 것이다.

불변의 변(不變의 變)

이글거리는 태양
희망으로 솟아오르네.
저 불덩이 어떻게 걸어놓았나

반짝이는 별
말코지도 없는데 어떻게 걸려있을까

둥근 달이 그리움으로 떠오르네.
말코지도 없는데 어떻게 걸어 놓을까

태초에 떠오른 태양도
별도, 달도, 허공에 걸려
저기 그 모습 그대로인데

하나둘
욕망 내려놓게 하는 청춘은
말없이 흘러만 가네.

살육 작전

톡! 하얀 물체가
배불러서 손톱 위에 죽는다.
얼마나 내 심장을 도적질했으면
너 죽은 내 손톱 위에 선혈이 낭자하더냐.

옷섶에 붙은 수많은 네 작은 씨알은
물리칠 수 없으니 아예
등잔불에 대고 화형식을 치른다.

타다닥!
배 터지는 소리에 노린내가 진동한다.
고얀 것들 내 네 씨를 말리련다.

한데, 언제 또 살아서 올라왔더냐.
다시 등줄기를 타고 허리춤을 돌아
겨드랑 밑을, 그리고 사타구니를 훔친다.

끈질긴 놈들
그런데 어찌 멸했다더냐.

극한 극복

얼어붙은 대지는 흰 바위가 되어가고
적막강산을 휘감는 혹풍(酷風)은 아무것도 살아남지 못할 듯
소란스런 공포의 협박이 몰아친다.

숨조차 쉴 수 없는 극한 상황 생명붙이라곤 없는 죽음에
동토 위에 깔린 찌푸린 햇살뿐 아무것도 보이지 않는
죽음의 소리만이 휙휙 혹풍(酷風)을 가르는데
하늘에서 땅 위에서 인간의 힘으로는 도저히 감내 못 할
사나운 기운이 용트림하며 삶의 구석을 강하게 조여 온다.

지구의 종말이 올 듯 세상의 모든 생명체를 일거에
휘몰아가려 지축을 요동시키는 급박한 상황 속에서
죽음 직전에 버티고 서 있는 것은 인간의 나약한 영혼과
희미한 혼돈으로 파괴되지 않으려 안간힘을 쓴다.

숨소리조차 얼어붙은 축조된 인내는
고통 속에서 깨어나기 위한 생의 몸부림에
비스듬히 내려앉은 햇살 점점 높아지고
차츰 녹아드는 미풍의 틈바구니에
다시 생기가 오르기 시작하리라.

다행은 너무 강한 생명의 움은 미력에도 솟느니
봄볕이 실눈을 뜨기 시작하면 피어오를 것에 다시 안도한다.

꿈 소리

어둠 속의 긴 고요는
구름과 바람을 잠재우더니
해님이 뽀얀 얼굴을 내민다.

설풍 야속하게 몰아치던
겨울의 차가움 뒤로
바스락 생명의 숨소리
살며시 귓전을 자맥질하면

아직 고요히 흐르는 미풍
한 걸음씩 심장으로 밀려와
죽음에서 환생하는 희망의 꿈 소리
사방에서 들려오리라.

별의 향기

조한직 시집

초판 1쇄 : 2014년 8월 12일

지 은 이 : 조한직

펴 낸 이 : 김락호

디자인 편집 : 한지나

기 획 : 시사랑음악사랑

인 쇄 : 청룡

연 락 처 : 1899-1341

홈페이지 주소 : www.poemmusic.net

E-Mail : poemarts@hanmail.net

정가 : 10,000원

ISBN : 978-89-91664-87-6